LÉONID ET SPOUTNIKA

POUR UNE POIGNÉE DE ROUBLES

- TEXTES YANN
- DESSINS BERCOVICI
- COULEURS CERISE

MARSU PRODUCTIONS

Dépôt légal : MARS 1992
ISSN 1017-4451
ISBN 2-908462-42-7

imprimé par Proost International Book Production

Printed in Belgium

QUELQUES RUSSES...

OUAF OUAF
?
TU CHASSES LES PAPILLONS, À TON ÂGE, LÉONID ?
ET COMMENT, NINOTSCHKA !
LE PROFESSEUR NABOKOV ME LES ACHÈTE, UN ROUBLE PIÈCE... ET PARFOIS MÊME, EN DOLLARS, POUR LES PLUS RARES...
OH !... ET COMMENT FAIS-TU POUR LES DIFFÉRENCIER ?
LE PROFESSEUR M'A APPRIS LEURS HABITUDES... CELUI-CI, PAR EXEMPLE, EST UN MACHAON...
IL VOLE TOUJOURS EN SOLITAIRE AUTOUR DES GRANDS CHÂTAIGNIERS... ...LE PETIT JAUNE, LUI, ON LE TROUVE SUR LES IRIS... LE BLEU ET GRIS, SUR LES PÉTUNIAS...
OH ! LÀ ! C'EST UN VULCAIN À TROIS DOLLARS !
...ET LES PETITS ROUGES LÀ-BAS ?
AUCUN INTÉRÊT !... LÉPIDOPTÉRUS SOVIÉTICUS VULGARIS !... ÇA VAUT PAS UN KOPECK !
AH ?! ET À QUOI LES RECONNAIS-TU ?
DEVINE...
89

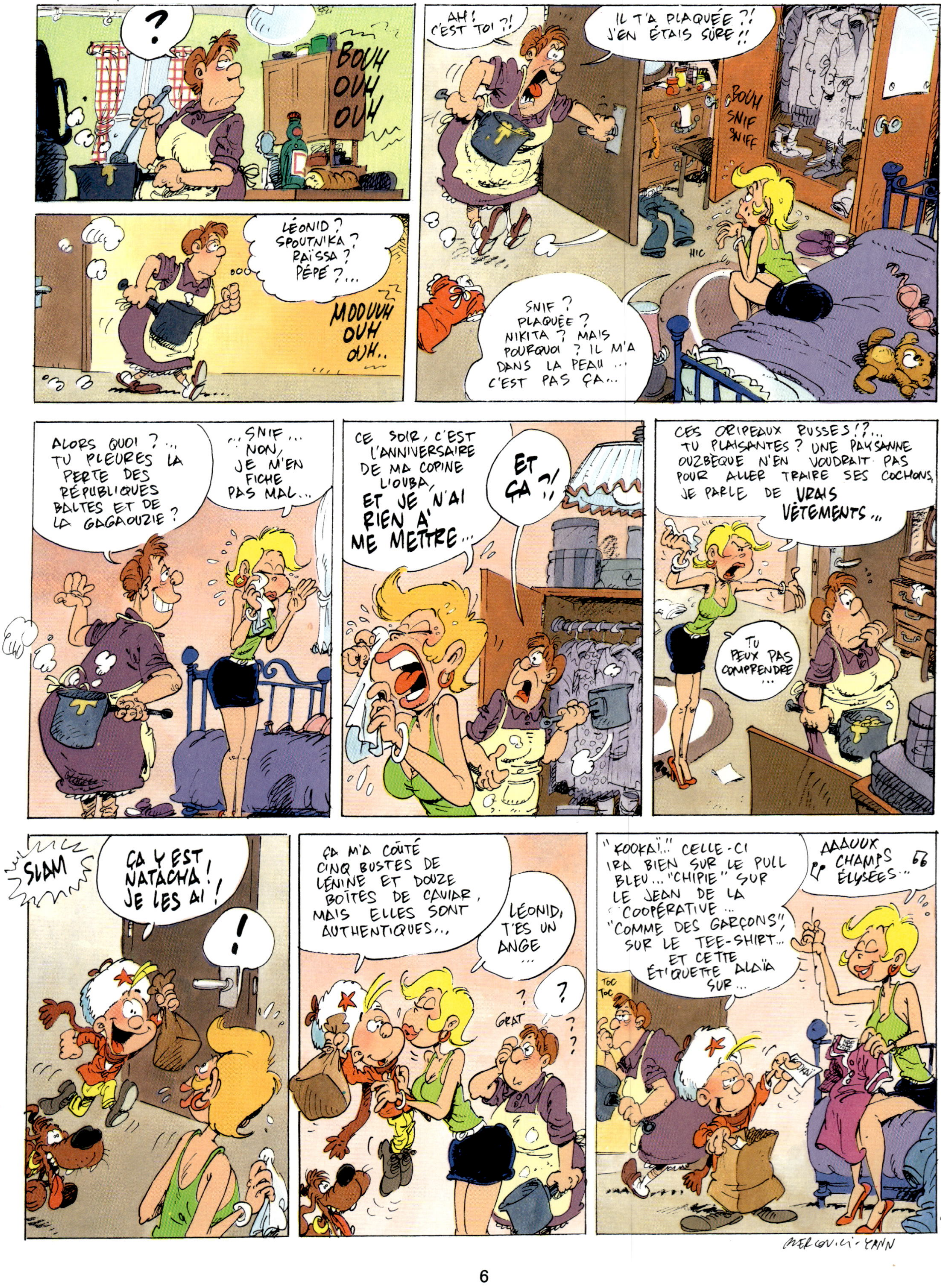
?
BOUH OUH OUH
AH ! C'EST TOI ?!
IL T'A PLAQUÉE ?! J'EN ÉTAIS SÛRE !!
BOUH SNIF SNIFF
HIC
LÉONID ? SPOUTNIKA ? RAÏSSA ? PÉPÉ ?...
MOOUUH OUH OUH..
SNIF ? PLAQUÉE ? NIKITA ? MAIS POURQUOI ? IL M'A DANS LA PEAU ... C'EST PAS ÇA...
ALORS QUOI ?... TU PLEURES LA PERTE DES RÉPUBLIQUES BALTES ET DE LA GAGAOUZIE ?
...SNIF... NON, JE M'EN FICHE PAS MAL...
CE SOIR, C'EST L'ANNIVERSAIRE DE MA COPINE LIOUBA, ET JE N'AI RIEN À ME METTRE...
ET ÇA ?!
CES ORIPEAUX RUSSES !?... TU PLAISANTES ? UNE PAYSANNE OUZBÈQUE N'EN VOUDRAIT PAS POUR ALLER TRAIRE SES COCHONS, JE PARLE DE VRAIS VÊTEMENTS...
TU PEUX PAS COMPRENDRE...
SLAM
ÇA Y EST NATACHA ! JE LES AI !
!
ÇA M'A COÛTÉ CINQ BUSTES DE LÉNINE ET DOUZE BOÎTES DE CAVIAR, MAIS ELLES SONT AUTHENTIQUES...
LÉONID, T'ES UN ANGE...
?
GRAT
TOC TOC
“KOOKAÏ..” CELLE-CI IRA BIEN SUR LE PULL BLEU... “CHIPIE” SUR LE JEAN DE LA COOPÉRATIVE... “COMME DES GARÇONS”, SUR LE TEE-SHIRT... ET CETTE ÉTIQUETTE ALAÏA SUR...
AAAUUX CHAMPS ÉLYSÉES...
99
MERCOVICI-YANN

C'EST FEDOR LE FISSAPAPARATCHIK, UN COPAIN DE LÉONID...
ELLE, C'EST PRAVDA, NOTRE ESTURGEONNE... ELLE FABRIQUE DU TRÈS BON CAVIAR... ET LUI, C'EST SAKHAROV...
?
CAVIAR
PFF!
ET ÇA, C'EST RAÏSSA, UNE OURSE BLANCHE DE SIBÉRIE...
PEUH... MÈRE POSSÈDE UN MANTEAU EN POILS DE BÉBÉ PHOQUE, BEAUCOUP PLUS BLANC...
Z Z Z
ELLE, C'EST SPOUTNIKA...
AAARGH!!
GRATTE GRATTE
JE NE TOLÈRE QUE LES PUCES PROVENANT DE SILICON VALLEY, EN CALIFORNIE...
BON! ALLONS JOUER DEHORS...
ET ÇA, C'EST QUOI?...
RIEN! TOUS LES ANS, LES VIEUX MESURENT NOTRE TAILLE...
Ivan
Natacha
Leonid
CHEZ NOUS AUSSI, PÈRE EMPLOIE LE MÊME AMUSANT PROCÉDÉ...
D'AILLEURS, VIENS VOIR!
JE SAVAIS BIEN QU'ON FINIRAIT PAR AVOIR QUELQUE CHOSE EN COMMUN...
TU VOIS...
1958
1963
1978
1991
94

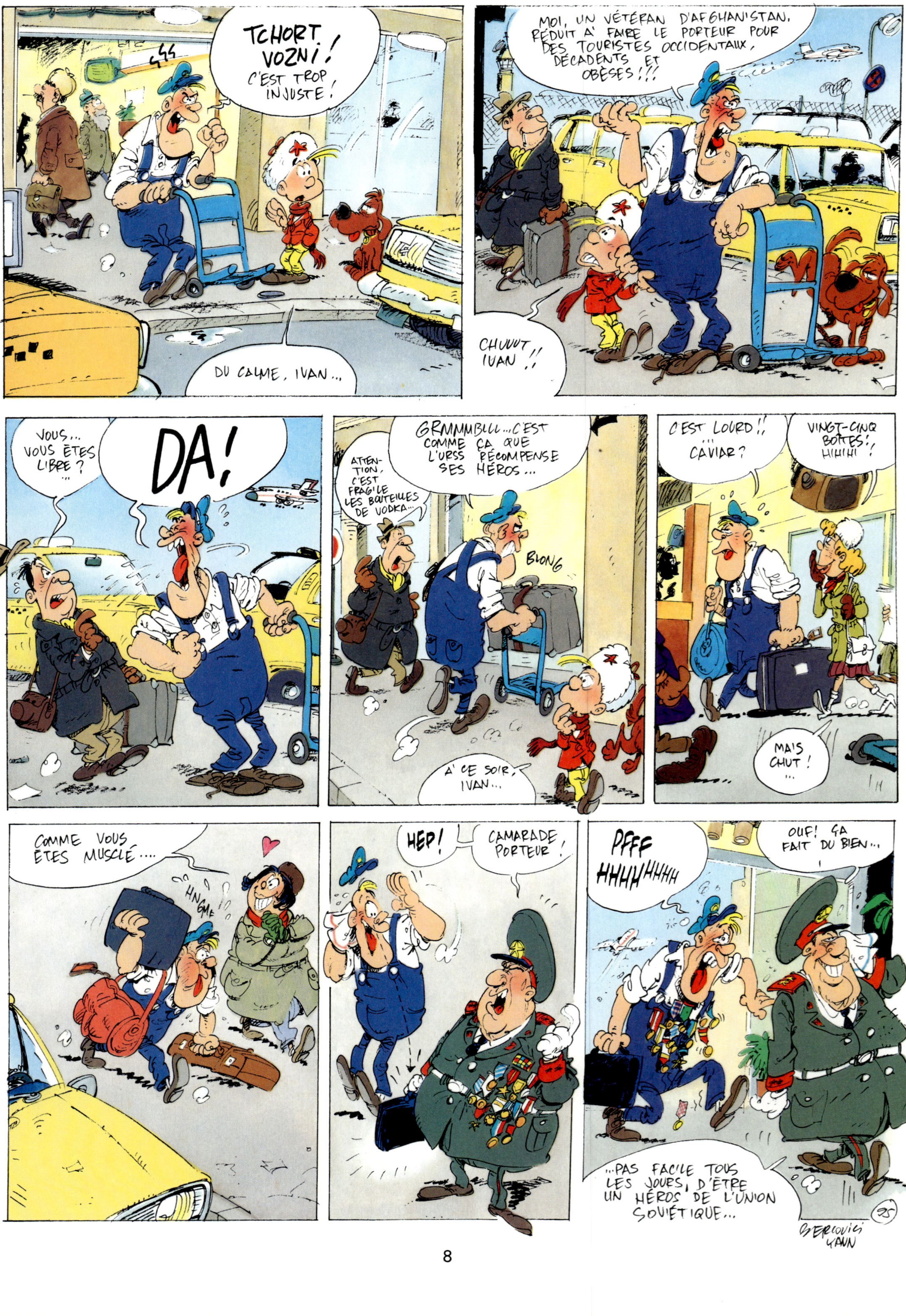
TCHORT VOZNI ! C'EST TROP INJUSTE !
DU CALME, IVAN...
MOI, UN VÉTÉRAN D'AFGHANISTAN, RÉDUIT À FAIRE LE PORTEUR POUR DES TOURISTES OCCIDENTAUX, DÉCADENTS ET OBÈSES !!!
CHUUUT IVAN !!
VOUS... VOUS ÊTES LIBRE ?...
DA!
ATTENTION, C'EST FRAGILE LES BOUTEILLES DE VODKA...
GRMMMBLLL... C'EST COMME ÇA QUE L'URSS RÉCOMPENSE SES HÉROS...
BLONG
À CE SOIR, IVAN...
C'EST LOURD !! ... CAVIAR ?
VINGT-CINQ BOÎTES ! HIHIHI !
MAIS CHUT !...
COMME VOUS ÊTES MUSCLÉ....
HNGMF
HEP !
CAMARADE PORTEUR !
PFFF HHHHHHHH
OUF ! ÇA FAIT DU BIEN...
...PAS FACILE TOUS LES JOURS, D'ÊTRE UN HÉROS DE L'UNION SOVIÉTIQUE...
95
BERCOVICI YANN

T'AURAS TES CASSETTES DES SIMPSONS, T'INQUIÈTE PAS... ET EN PRIME, QUARANTE-HUIT HEURES DE DOROTHÉE. C'EST UNE FRANÇAISE...
CHIC!
CRRR
ET TOI EST-CE QUE...
NIET PROBLEM! JE T'AI MIS DE CÔTÉ DIX SAUCISSONS, DONT DEUX DE VRAIE VIANDE...
ET T'AS PENSÉ À MON JAMBON? ET POUR MA MOELLE? C'EST POUR UN COPAIN DE TCHERNOBYL...
LA MOELLE? ÇA, C'EST GALÈRE À TROUVER, DEPUIS L'EXPLOSION DE LA CENTRALE! TOUT LE MONDE STOCKE...
SHIT
BAH, JE TE METTRAI DU SAINDOUX, C'EST PRESQUE PAREIL, Y VERRA PAS DE DIFFÉRENCE!
...ET À MOSCOU, ÇA PÉRESTROÏKE TOUJOURS? AU KOLKHOZE, ON RACONTE QUE ÇA BARDE DEPUIS QUE LES PAYS BALTES ET LA GÉORGIE DEMANDENT LEUR INDÉPENDANCE...
AH! AH!
CONNERIES, RURALES! VOUS AUTRES MOUJIKS, VOUS TREMBLEZ TOUJOURS POUR RIEN...
AH OUAIS? N'EMPÊCHE, UN JOUR TOUS CES GENS EN AURONT ASSEZ DE SE FAIRE PILLER PAR LES RUSSES!
HAHAHA! C'EST PAS DEMAIN LA VEILLE, MA VIEILLE...
AH?
ATTENTION! DIS À RAÏSSA DE NE PAS S'APPROCHER, C'EST DANGEREUX!
BAH! ELLE NE RISQUE RIEN!... LES OURS S'Y CONNAISSENT POUR PRENDRE DU MIEL SANS SE FAIRE PIQUER...
OUI, MAIS CES ABEILLES-LÀ VIENNENT DE LITHUANIE, ALORS...
RAÏSSA!
VRZZZZZZZZZZZ
KAÏ! KAÏ! KAÏ
YANN

C'ÉTAIT BIEN, HEIN ?
...MAIS TU N'AS PAS REMARQUÉ COMME UNE ODEUR DE POISSON DANS LA SALLE ?
JAWS
ЧЕЛЮСТЬ
C'EST PEUT-ÊTRE CE QU'ILS APPELLENT "L'ODORAMA"...
КИНО
TAXI !
JAWS
OOOUF !!
PRAVDA !... C'EST LA DERNIÈRE FOIS QUE J'OBÉIS À TES CAPRICES !
BERCOVICI . YANN . 91

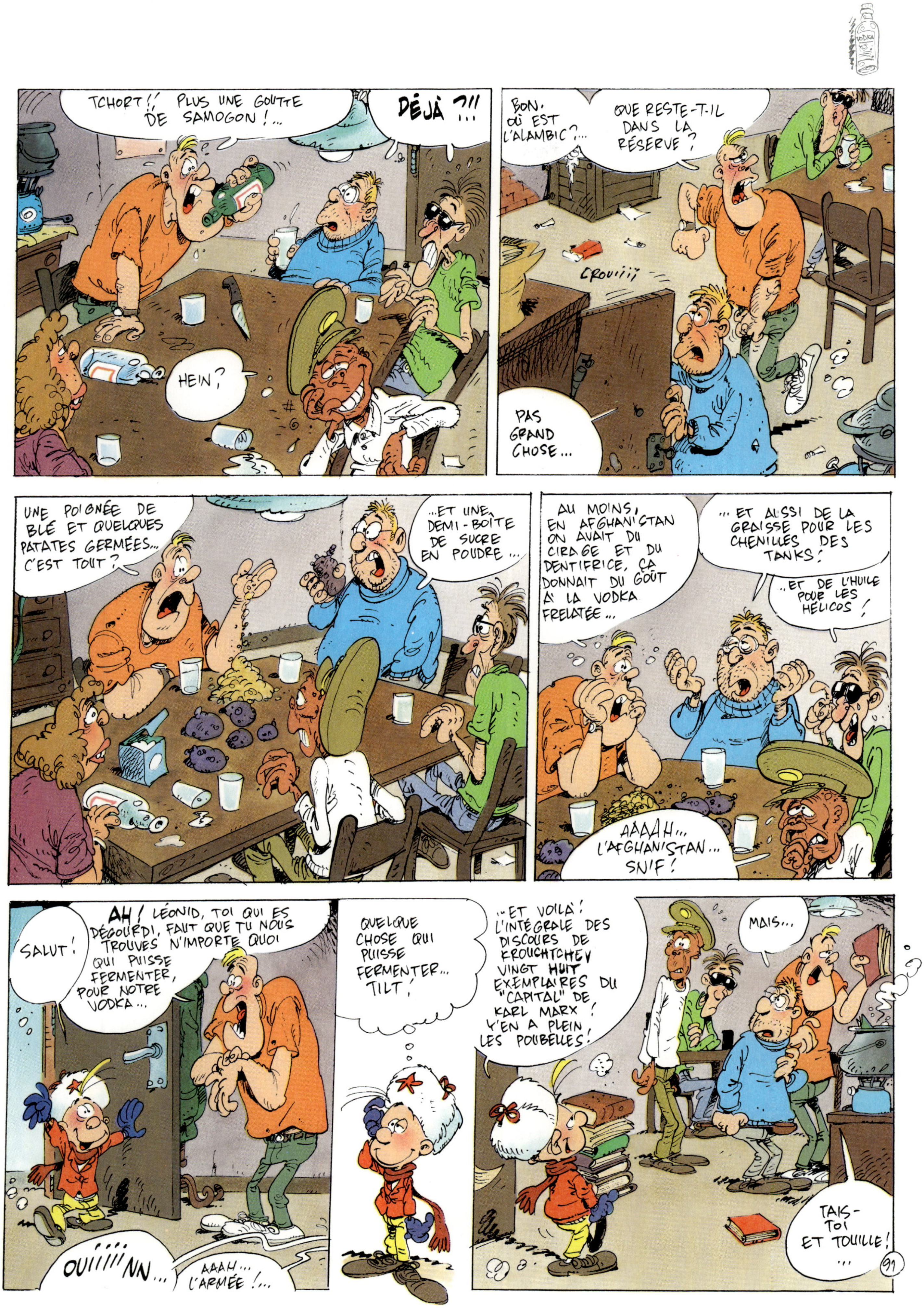
TCHORT !! PLUS UNE GOUTTE DE SAMOGON !...
DÉJÀ ?!! ...
HEIN ?
BON. OÙ EST L'ALAMBIC ?...
QUE RESTE-T-IL DANS LA RÉSERVE ?
CROUIIII
PAS GRAND CHOSE...
UNE POIGNÉE DE BLÉ ET QUELQUES PATATES GERMÉES... C'EST TOUT ?
...ET UNE DEMI-BOÎTE DE SUCRE EN POUDRE...
AU MOINS, EN AFGHANISTAN ON AVAIT DU CIRAGE ET DU DENTIFRICE, ÇA DONNAIT DU GOÛT À LA VODKA FRELATÉE...
... ET AUSSI DE LA GRAISSE POUR LES CHENILLES DES TANKS !
...ET DE L'HUILE POUR LES HÉLICOS !
AAAAH... L'AFGHANISTAN... SNIF !
SALUT !
AH ! LÉONID, TOI QUI ES DÉGOURDI, FAUT QUE TU NOUS TROUVES N'IMPORTE QUOI QUI PUISSE FERMENTER, POUR NOTRE VODKA...
OUIIIIINN...
AAAH... L'ARMÉE !...
QUELQUE CHOSE QUI PUISSE FERMENTER... TILT !
...ET VOILÀ ! L'INTÉGRALE DES DISCOURS DE KROUCHTCHEV VINGT HUIT EXEMPLAIRES DU "CAPITAL" DE KARL MARX ! Y'EN A PLEIN LES POUBELLES !
MAIS...
TAIS-TOI ET TOUILLE ! ...
91

BAM BAM BAM
OUAH! FACILE! C'EST KROUCHTCHEU À L'O.N.U!
UNE AUTRE IMITATION!
C.C.C.P
BON! DIMITRI! FÉDOR! VENEZ M'AIDER...
GA GA GAAAAA... GEU...
YAHAHAHAHA! C'EST BREJNEV SOUTENU PAR KOSSYGUINE, ET PODGORNY!...
UNE AUTRE!
?
OUAAH! TROP FACILE! TROTSKY ASSASSINÉ À COUPS DE PIOLET!
TONK
TONK TONK
AARGH!
'TENTION! LE CAMARADE PROF ARRIVE!
BON! ASSEZ PERDU DE TEMPS... REPRENONS...
LÉONID! EFFACE LE TABLEAU...
FROTT FROTT
C.C.P.
?
OUAH! MOI JE SAIS!!!
ÇA, C'EST GORBATCHEV!!
100

МЖВ ФХЦ ПОБ ЗАЕ ЯИ
COMMENT T'APPELLES-TU ?
NADIA ...
N'AIE PAS PEUR, MON ENFANT...
...ET TU VOUDRAIS BIEN ALLER EN BELGIQUE TE FAIRE SOIGNER ?
OH OUI, CAMARADE !
TU CONNAIS LA BELGIQUE ?...
TOUT CE QUE JE SAIS, C'EST QUE C'EST PAS EN URSS., DONC, ÇA M'INTERESSE !...
BON !
CLIC
PARFAIT !
AU SUIVANT !
GRICHKA ZITRONOV !... LA BELGIQUE, C'EST SUPER !!!
C'EST PARTI...
PARFAIT ! AU SUIVANT...
LÉONID HELZAPOPOV... AH ! LA BELGIQUE, QUELLE CHANCE !!
CHOUETTE ! JE VAIS ALLER EN BELGIQUE !
HIHI HIHI...
?!
MISÉRABLE ! VOULOIR PRENDRE LA PLACE D'UN ENFANT IRRADIÉ À TCHERNOBYL !...
HOUUU LE TRICHEUR !!!
BOMP
105

PFFFFF.... QU'EST-CE QU'ON POURRAIT BIEN FAIRE, POUR GAGNER DE L'ARGENT...
BEUH ...
Z Z Z
BURP
ON POURRAIT P'T'ÊTRE ENLEVER UN TOURISTE JAPONAIS ET DEMANDER UNE RANÇON...
MOI JE SAIS !!!
TROP FATIGANT ...
CINEMA
T'AS UNE IDÉE, NIKITA ?
TOI?...
OUAIS! ON VA OUVRIR UNE AGENCE DE DÉTECTIVES !...
COMME BOGART ...
QUI?
CINEMA
RÉFLÉCHISSEZ ! LA MODE EST À L'OUVERTURE SUR LES MÉTIERS CAPITALISTES !... TOUT CE QUI FAIT AMÉRICAIN PLAÎT ...
ET PUIS, PAS BESOIN DE DIPLÔME NI D'ÊTRE TRÈS INTELLIGENT POUR RETROUVER DES TOUTOUS PERDUS OU SUIVRE DES MARIS COCUS ...
AH? ALORS...
SUPER!
ILS SONT FOUS!
EEEH!?
...MAIS ON DIRAIT QUE ÇA MARCHE, LEUR IDÉE!...
ALORS, MA P'TITE DAME, QU'EST-CE QUI VOUS AMÈNE ? VOTRE MARI VOUS TROMPE? MHH?
LES FAUCONS MALTAIS
DÉTECTIVES PRIVÉS
NIET!
...JE VEUX QUE VOUS ME TROUVIEZ UN MAGASIN D'ÉTAT OÙ ON VEND DE LA VIANDE AU PRIX OFFICIEL!!...
ET TOUS LES AUTRES, DEHORS, VEULENT LA MÊME CHOSE!
99
BERCOVICI · YANN 91

SI, SI, JEAN-FRANÇOIS, VIENS PRENDRE LE THÉ À LA MAISON ...
MES VIEUX NE SONT PAS LÀ ...
C'EST PRÊT ...
ATTENDS, JE VAIS ÉTEINDRE LE GAZ ...
NON! NON! NE LE COUPE PAS, CE N'EST PAS LA PEINE ...
MAIS... MAIS LE GAZ COÛTE CHER!
EN EUROPE OUI, MAIS PAS EN U.R.S.S... PAR CONTRE, LES ALLUMETTES SONT HORS DE PRIX ...
... VIENS PRÈS DE MOI ...
OH! UNE FUITE! FAUT RÉPARER, SINON BONJOUR LES DÉGÂTS ...
QUELLE IMPORTANCE? LES LOYERS SONT POUR RIEN... ON DÉMÉNAGERA SI ÇA TOMBE EN RUINE ...
TU NE COUPES PAS L'EAU CHAUDE NON PLUS?... LAISSE-MOI DEVINER... C'EST POUR RIEN NON PLUS?
EXACT! ET DE TOUTE FAÇON ON NE TROUVE PAS DE JOINT POUR RÉPARER LES ROBINETS ...
ECHHHHH
... ET COMME ÇA, ÇA CHAUFFE LA SALLE DE BAINS ...
... MAIS, AU FOND, QUE REPROCHES-TU AU SYSTÈME COMMUNISTE? ...
CE QUE JE LUI REPROCHE? ...
IL NOUS CONSIDÈRE COMME DES ENFANTS!
93
BERCOVICI. YANN 91.

NOUS SOMMES EN DIRECT DE LA BASE DE KALININGRAD ...
... OÙ LES DEUX HÉROÏQUES COSMONAUTES S'APPRÊTENT À MONTER À BORD DE SOYOUZ TM 100 ...
CCCP
CAMARADES!!! BUVONS À L'AVANCE AU SUCCÈS DU VOL INAUGURAL RUSSIE-VÉNUS...
CE PROJET, QUE J'AI ENTIÈREMENT CONÇU, CALCULÉ, ET RÉALISÉ, SERA LE TRIOMPHE DE LA BALISTIQUE SOVIÉTIQUE!
DE...
MMMH ...
...DE GNNNN
MMFFF PFFFF
POW
ÇA... CAMARADE INGÉNIEUR EN CHEF ?!...
BON, VENEZ, FAUT Y ALLER ...
C'EST L'HEURE ...
BIP BIP
NIET!
NOOON! AU SECOURS! NIET! NITCHEVO! ON VEUT PLUS!
?
103

SLLLRRRP...
SLLRRPP...
AAAAAHH!!!
?!!
PAT
TCHORT ! C'EST TOI FÉDOR !... ESPÈCE DE DOURAK ! ... TU M'AS FLANQUÉ UNE DE CES TROUILLES...
T'AS PAS LA MONNAIE SUR MILLE ROUBLES ?
BOM BOM BOM
SLLLRRRUP
?
PSSST ! LÉONID !...
TU M'ACCOMPAGNES AUX TOILETTES ? J'AI PEUR D'Y ALLER SEULE...
EUH... DA...
TU M'ATTENDS LÀ, HEIN ?
FAIS VITE !
BON SANG, QU'ELLE SE GROUILLE !
AAAH!
PAT
C'EST UN KOPECK POUR LE SERVICE !...
DA CAMARADE ! OUF !...
ЛЕНИН
FINALEMENT, C'EST UNE TRÈS MAUVAISE IDÉE, CE MAUSOLÉE TRANSFORMÉ EN MILK BAR...
DA, NINOTSCHKA, ILS ONT BEAU AVOIR RETIRÉ LÉNINE, Y'A TOUJOURS COMME UNE PRÉSENCE...

AH! MES TOURISTES JAPONAIS... J'ESPÈRE QUE MITSUHIRATO JUNIOR N'AURA PAS OUBLIÉ MES CASSETTES!
VROOP
TÛÛÛT
VOYAGES KWAI-DUPONT PARIS • TOKYO
HELLO MISS NATACHA!
"LE LIÈVRE PLAY-BOY ET LA TORTUE NINJA"! MERCI! LÉONID SERA FOU DE JOIE!
VOUS AVEZ UN MAGNÉTOSCOPE?
NOOON! C'EST POUR ÉPATER SES COPAINS!
INTOURIST
...ET DE DOUZE BOÎTES DE CAVIAR MAISON...
FAUT QUE J'Y AILLE! LES AUTRES VONT JASER, HÉHÉHÉ...
INTOURIST
Sony
COMME TOUS LES ANS DEPUIS 1945, ON VA DEMANDER OFFICIELLEMENT LA RESTITUTION AU JAPON DES ÎLES KOURILES, ANNEXÉES PAR STALINE PENDANT LA GUERRE...
AH?
CETTE FOIS-CI Y'A UN ESPOIR!... GORBATCHEV A ANNONCÉ QU'IL ACCEPTERAIT, SOUS CERTAINES CONDITIONS...
BONNE CHANCE!
JE REPASSERAI DEMAIN, AVANT NOTRE DÉPART!
LE LENDEMAIN...
IL AVAIT DIT MIDI... AH! LE VOILÀ...
MISS NATACHA!
INTOURIST
ALORS?... CES FAMEUSES ÎLES?... IL ACCEPTE DE LES RESTITUER?
BAAAH! NON, CE FUT TRÈS DÉCEVANT...
D'APRÈS GORBATCHEV, LES ÎLES KOURILES FONT PARTIE INTÉGRANTE DE L'URSS. ...PAS QUESTION DE L'EN SÉPARER... NÉANMOINS, IL ACCEPTERAIT DE LES RENDRE... À CONDITION QUE LE JAPON PRENNE AUSSI TOUT LE RESTE...
SAYONARA!
Sony
104
BERCOVICI-YANN 91

BEURP...
J'ALLAIS LE DIRE ...
BON! Y'A PLUS PERSONNE AUX TOILETTES? FAUT QUE J'AILLE VOMIR...
HI BOYS!!
J'AI UN SUPER SCOOP GIGA À VOUS ANNONCER! ...
POUR L'AMOUR DE LÉNINE, NATACHA, CESSE DE PARLER COMME UNE TOURISTE BRANCHÉE...
OUI, BON! ÉCOUTEZ ÇA C'EST OFFICIEL!
LE GOUVERNEMENT AFGHAN A DÉCIDÉ DE DÉDOMMAGER LES MILITAIRES SOVIÉTIQUES QUI ONT PARTICIPÉ À LA DÉFENSE DU TERRITOIRE NATIONAL AGRESSÉ PAR LES REBELLES... GNAGNA... DANS LES PROCHAINS JOURS...GNAGNA... REMBOURSEMENT... RESTITUTION... AMITIÉ ENTRE LES PEUPLES,ETC ...
PFFFF
PROPAGANDE!
À D'AUTRES!
HA! HA! J'AIMERAIS BIEN VOIR ÇA!!
IVAN! NATACHA! NIKITA! FAUT RENTRER... LE BORTSCH À LA PERESTROÏKA EST PRÊT...
BORTSCH À LA PÉRESTROÏKA?
C'EST UNE RECETTE DE MAMAN... TU JETTES TOUT CE QUI TE RESTE DANS UNE MARMITE ET TU FAIS MIJOTER 48 HEURES... QUAND LE BUSTE DE LÉNINE FLOTTE, C'EST PRÊT...
À PROPOS NIKITA, ON A REÇU UN COLIS POUR TOI À LA MAISON...
TU ME DONNERAS LES TIMBRES? ÇA VIENT DE LOIN...
KYAK
CES AFGHANS ONT UN SOLIDE SENS DE L'HUMOUR NOIR...
GNÉHÉ ...
101

SHLIP
SHLIP
J'ACHÈTE! 40 DOLLARS!
GÉNIAL!
SUBLIME!
JE VAIS L'APPELER: "PERESTROÏKA 1991"...
MAIS ENFIN! C'EST DE L'ART! C'EST LE NOUVEAU RÉALISME SOVIÉTIQUE!
BERCOVICI-YANN 91

EUH... CETTE FOIS RIEN À FAIRE POUR ARRÊTER L'EAU... LE ROBINET EST DÉFINITIVEMENT FOUTU!
BON! J'AI COMPRIS...
TU VEUX QUE JE VIENNE AVEC TOI?
NIET, NIET...
GRRRMMMBLLLL...
MA
...ET POUR LA PETITE CAMARADE, CE SERA?... IL N'Y A PLUS QUE DU SAVON...
METTEZ-M'EN VINGT...
OUI, DES CHAUSSURES DE SPORT D'ALLEMAGNE DE L'EST... J'AI TROIS MODÈLES: TROP PETIT, TROP GRAND, ET GRIS...
JE TROQUE DEUX PAIRES CONTRE DU SAVON TROP GRAS! ET ATTENTION HEIN, PAS TROIS PIEDS GAUCHES!
C'EST D'ACCORD: VOS GODASSES CONTRE MON SAUCISSON AFGHAN 100% CUIR DE BOTTES...
BON! BON! C'EST D'ACCORD!... TRENTE-DEUX AMPOULES GRILLÉES CONTRE VOTRE SAUCISSON... Z'ÊTES DURE EN AFFAIRES, VOUS...
BEAUCOUP PLUS TARD...
PFFFF...
AH?... C'EST PLUS LA PEINE MAMAN... NIKITA EST PARVENU À RÉPARER LE JOINT!
À PROPOS! Y'A PLUS UN POIL DE SAVON...
SNIF...
110

HA!
ANUSSI
ELECTROMENAGER
ЭЛЕКТРОПРИБОЫ
RECLAMATIONS
ЖАЛОБНАЯ
MADE IN ITALY
POFF
RECLAMATI
ЖАЛОБНАЯ
BONK
HMM... QUÉ?... QUE PUIS-JE POUR VOUS, CHÈRE MAD... EUH CAMARADE?
GRMMBL
RECLAMATIONS
ЖАЛОБНАЯ
VOUS APPELEZ ÇA LAVER VOUS ?!!
?
MAIS... CE... HUM... CE HAILLON ME SEMBLE PROPRE...
HAILLON?
RECLAMATIONS
ЖАЛОБНАЯ
CE N'EST PAS UN HAILLON!!!
UN CHEMISIER TOUT NEUF – À PEINE PERESTROÏKÉ – QUE VOTRE MACHINE À LAVER DERNIER MODÈLE A RÉDUIT À L'ÉTAT STALINIEN DE BASE!
ELLE EST BELLE VOTRE TECHNOLOGIE!!
ET VOUS AVEZ LE CERTIFICAT DE GARANTIE DE VOTRE...
LE VOILÀ!
SWIP
C'EST UN CADEAU DE MA FILLE! ELLE ME L'A ACHETÉE IL Y A PAS UN MOIS!!
MA...
KERMMFF PFFFF
?
UN LAVE-VAISSELLE! MA MACHINE À LAVER, C'ÉTAIT UN LAVE-VAISSELLE!
SLAM
TOUT DE MÊME... CES OCCIDENTAUX, TOUT CE QU'ILS NE VONT PAS INVENTER...

MONTRES DE L'ARMÉE ROUGE ! CAVIAR NOIR ! CASQUETTES ! CEINTURONS ! DEMANDEZ !
SLURP ?
UNE MONTRE, CAMARADE YANKEE ? VINGT-QUATRE HEURES, OU QUARANTE-HUIT HEURES ?
SLUUURP ...
PAS CHER ! CINQ DOLLARS ! DIX LES DEUX ! QUINZE LES TROIS !!!
TE FATIGUE PAS, MY BOY ! J'AI BEAUCOUP MIEUX SUR MOI !
QUE...
?
BIP BIP BIP BIIIP
YEAH !
LOOK : GRÂCE AU SATELLITE IN THE SKY, J'AI EN UNE SECONDE L'HEURE DE MOSCOU, DE NEW-YORK, DE SAN-FRANCISCO, ETC... LA TEMPÉRATURE, LES INFORMATIONS, LES PROGRAMMES TÉLÉ, ET JE PEUX COMMUNIQUER AVEC MA PETITE COPINE NANCY !
...ET SI J'APPUIE ICI, J'AI LE TAUX DU ROUBLE AU MARCHÉ NOIR, AU COURS OFFICIEL, EN YENS, EN FRANCS SUISSES, ET LE PRIX DU KILO DE CAVIAR DE BELUGA, DE SEVRUGA, OU D'OSCIETRE CHEZ JACK'S, LE DRUGSTORE DE LA 47e RUE !
JE COMPRENDS QUE ÇA VOUS IMPRESSIONNE, VOUS AUTRES MOUJIKS, PRIVÉS DE CONTACT AVEC L'OCCIDENT ET GAVÉS DE PROPAGANDE !...
NIET ! ON CONNAÎT TOUT ÇA, L'INFORMATION CIRCULE...
... ON SAIT PARFAITEMENT TOUT CE QUI SE PASSE EN AMÉRIQUE, FIGURE-TOI !
TIENS DONC ! CHICHE ! POSE-MOI UNE QUESTION POUR VOIR...
HMMM...
COMBIEN D'INDIENS AS-TU TUÉ RÉCEMMENT ?...
112

PSSSST!
HÉ! LES JEUNES!
ULYSSE GOUSSET, DE LA TÉLÉVISION FRANÇAISE... ON FAIT UN REPORTAGE SUR LE DÉSESPOIR ET LA DÉCADENCE DE L'U.R.S.S... VOUS ÊTES LES SPÉCIMENS QU'IL NOUS FAUT...
GNN ?
NON MAIS!?
JE VAIS TE ME LES...
VAS-Y, IVAN!
HEU...
HÉ HÉ
CINQUANTE DOLLARS POUR QUE LE GRAND DADAIS COGNE SUR LE PETIT DOURAK DANS CETTE RUELLE SOMBRE... JUSTE EN FAISANT SEMBLANT...
TCHORT! CINQUANTE DOLLARS!
MAIS...
TA GUEULE!
?
PAF
PONK
PARFAIT! ENCORE UN COUP! OUI! AVEC LA BOUTEILLE! VOILÀ!...
À PRÉSENT, METTEZ LE FEU À CETTE LADA POURRIE...
AÏE!
VRRR
FOOM
GLOU GLOU
PAAARFAIT! MAINTENANT VOUS ALLEZ DESTROYER LA PETITE VIEILLE QUI ARRIVE LÀ... ATTENTION, POUR RIRE, HEIN!...
GRRMF...
VRRRR
CENT CINQUANTE DOLLARS!
HIN HIN
J'AI UNE MEILLEURE IDÉE...
VRRRR
LA MILICE! BARRONS-NOUS!
HÉ! UN DES DEUX TYPES NOUS POURSUIT!
ATTENDEZ!!
TENEZ! VOILA VOS 500 DOLLARS!
?
F'ÉTAIT FUPER, LES ENFANTS!
113
BERCOVICI-YANN

NOOON !? PAS DE QUEUE ?! TU ES SÛRE, NINA ?
?
CERTAINE !
MAIS !... MAIS C'EST INCROYABLE !
COMME JE TE LE DIS ! IL FAUT LE VOIR POUR LE CROIRE !...
MAIS, CHUT !
PAS DE QUEUE ?
OÙ ÇA ?
C'EST TROP BEAU POUR ÊTRE VRAI !
MAIS SI ! C'EST AU MAGASIN PRIOVESKI !...
C'EST À DEUX PAS !
JE VEUX VOIR ÇA !!!
PAS DE QUEUE, PAS DE QUEUE, C'EST VITE DIT...
ARRÊTE DE RONCHONNER... TU VERRAS, ÇA VAUT LA PEINE...
OH !!!
C'EST POURTANT VRAI !
ALORS !?
CHATS SANS QUEUE DE L'ILE DE MAN
QU'ILS SONT MIGNONS...

DA, LÉONID! DANS LA CAVERNE OÙ ON ALLAIT JOUER QUAND ON ÉTAIT PETITS, À LASCOV!
DES RESTES PRÉHISTORIQUES D'HOMMES ANTÉDILUVIENS!
C'EST ICI! ... JE VAIS TE PRÉSENTER AU PROFESSEUR GUITTONOF ...
C'EST MON COPAIN D'LA VILLE DONT JE VOUS AVAIS PARLÉ, PROFESSEUR...
IL ME SEMBLE QUE JE T'AVAIS DEMANDÉ DE ME RAMENER DU SAUCISSON...
PROFESSEUR! ÇA Y EST! IGOR ET GRICHKA ONT DÉCOUVERT UN HOMME-FOSSILE DANS LA GROTTE!
ENFIN! JE LE BAPTISERAI HOMO-PERESTROÏKUS ERECTUS!
OUI!
COMME MAMAN VA ÊTRE CONTENTE...
QU'IL EST BEAU! REGARDEZ, ON DIRAIT QU'IL VA SOURIRE...
PLATONOV! COUREZ TÉLÉPHONER À L'INSTITUT, QUE NOUS VENONS D'EXHUMER LE PLUS VIEUX CITOYEN COMMUNISTE DE RUSSIE!
COMMUNISTE?! QU'EST-CE QUI VOUS FAIT CROIRE ÇA, PROFESSEUR?
REGARDEZ LA CAUSE DE SON DÉCÈS: ON DISTINGUE NETTEMENT LE PROJECTILE EN PIERRE DERRIÈRE SA NUQUE!
115

HEP ! PETIT ! PEUX-TU ME CONDUIRE À LA MAISON DU PEUPLE ?
VOUS N'ÊTES PAS D'ICI CAMARADE ?...
NIET...
LAISSEZ-MOI DEVINER... Z'ÊTES AZERI ?
GRRMMF ! NON MAIS DIS DONC !...
EUH, J'Y SUIS ! ARMÉNIEN ?
GRMMBLL... DA !
...
ALORS, TU ME CONDUIS ? JE SUIS PRESSÉ...
ATTENDS-MOI ICI, ET GARDE LES AFFAIRES, SPOUTNIKA !...
C'EST QUOI, VOTRE NOM ? PÉTROSSIAN ? MANOUKIAN ? BERBÉRIAN ? AZNAVOURIAN ?
NON ! C'EST JUSTEMENT POUR ÇA QUE JE SUIS À MOSCOU...
CHANGER DE NOM ?!! MAIS C'EST IMPOSSIBLE CAMARADE, SAUF RAISON EXCEPTIONNELLE !
C'EST TOUT À FAIT LE CAS...
JE VIENS D'EREVAN EN ARMÉNIE, ET MA VIE EST DEVENUE UN ENFER PERMANENT !!
TOUT ÇA À CAUSE DE VOTRE PRÉSIDENT !!!
BON ! BON ! ÇA VA !
AÏE
ON VA VOIR CE QU'ON PEUT FAIRE POUR VOUS !... VOTRE NOM, C'EST QUOI D'ABORD ?
PERESTROKIAN !
116

UNE CIGARETTE MADEMOISELLE NATACHA ?
GIGA! DES AMÉRICAINES À GOÛT DE MIEL
SUPERSHIT! MON BRIQUET EST DÉJÀ NAZE! SALOPERIE FRANÇAISE!... CROTTE DE BIC!
TCHIK
TCHIK TCHIK
BON! IL NE RESTE PLUS QU'À ACHETER DES ALLUMETTES ...
AH, ÇA IMPOSSIBLE! ... DÉFITSIT...
DÉFIQUOI ?!...
DE-FI-TSIT ... C'EST LE PREMIER MOT DE RUSSE QU'APPRENNENT LES ENFANTS ... ÇA SIGNIFIE PÉNURIE...
C'EST PAS GRAVE!...ON VA ALLER À LA GARE DE TCHELIABINSK ...
HÉLA! J'AI PAS L'INTENTION DE PRENDRE LE TRAIN POUR ALLER EN CHERCHER EN SUÈDE ..
NE SOIS PAS STUPIDE!...
À LA GARE, ON TROUVE DES VIEILLES BABOUCHKAS QUI PROPOSENT LEURS SERVICES!
...DU FEU MOYENNANT 20 KOPECKS
INTOURIST
!
ET VOILÀ! C'EST ÇA LE SYSTÈME RUSSE!...
ON M'AVAIT BIEN PARLÉ D'ALLUMEUSES À MOSCOU, MAIS ÇA ...
TU PEUX LUI DONNER CINQ KOPECKS ...
MAIS... TU AVAIS DIT VINGT ?...
OUI, MAIS SI DEUX OU TROIS FUMEURS PROFITENT DE LA MÊME ALLUMETTE, ÇA FAIT BAISSER LE PRIX...
KOFF!
ON A BIEN ASSIMILÉ LE SYSTÈME CAPITALISTE NON ?
126
MARCOVICI YANN

DÉBARQUEMENT DE MARTIENS EN GAGAOUZIE ! DEMANDEZ LA PRAVDA !!
?
LES EXTRATERRESTRES ENLÈVENT DIX PAYSANS D'UN KOLKHOZE À BORD DE LEUR ENGIN ! DEUX AUTRES LÉGÈREMENT BLESSÉS EN TOMBANT DE LA SOUCOUPE À LAQUELLE ILS S'ACCROCHAIENT !
TU PENSES LA MÊME CHOSE QUE MOI ?
OUI ! CETTE ANNÉE, ON VA EN VACANCES EN GAGAOUZIE !...
EXTRA ! NOSTRADAMUS ANNONÇAIT DÉJÀ DANS UNE DE SES PROPHÉTIES LA FIN DU COMMUNISME !!
"...ET EN OCTOBRE, UNE GRANDE RÉVOLUTION ÉCLATERA, LA PLUS REDOUTABLE QUI AIT JAMAIS EXISTÉ ...BLABLA... ET ELLE DURERA 83 ANS ET 7 MOIS !"
MONTRE !
CE QUI FAIT... OUI ! EN JUIN DE CETTE ANNÉE !
ENFIN !!!
DEMANDEZ LA PRAVDA !!!
UN YÉTI CAPTURÉ EN GAGAOUZIE PAR SIX MEMBRES DU POLITBURO EN VACANCES ! ...IL PARLERAIT RUSSE AVEC UN LÉGER ACCENT KURDE !
...INTERROGÉ PAR LE K.G.B, IL SE DIT OPPOSÉ À L'INDÉPENDANCE !
QU'EST-CE QU'ON POURRAIT LEUR INVENTER CETTE FOIS... J'AI PLUS D'IDÉE...
ПРАВДА
MOI NON PLUS...
STÉPHANIE DE MONACO APERÇUE AVEC GORBATCHEV !... PAUL BELMONDO SE SUICIDE !
... SI ON LEUR DISAIT LA VÉRITÉ ?... LE SAUCISSON AUGMENTE DEMAIN ET COÛTERA 100 ROUBLES !!!
T'ES FOU ?!!
108

CETTE FOIS, JE CROIS QU'ON A TOUT ! LES BOÎTES DE CAVIAR, LES MATRIOCHKAS, LES BUSTES DE LÉNINE, VODKA, CEINTURONS ET CASQUETTES DE L'ARMÉE ROUGE...
AEROFLOT
... JE ME DEMANDE SI JE NE REPRENDRAIS PAS DEUX OU TROIS LÉNINES DE PLUS... J'AI PEUR DE TOMBER À COURT, À BRUXELLES...
BAH ! AVEC QUINZE BUSTES ON PEUT VOIR VENIR...
ATTENTION SPOUTNIKA TARGET TWO À ONZE HEURES...
OUI, MAIS, T'AS PENSÉ À L'ANNIVERSAIRE DE TANTE JEANINE ?...
CAMARADES TOURISTES !! IL VOUS MANQUE SÛREMENT QUELQUE-CHOSE QUE J'AI....
ÇA, ÇA M'ÉTONNERAIT...
MAIS ! IL NOUS INSULTE CE MORVEUX...
ON PARIE ?
CAVIAR MAISON
J'AI !
... PEINTURE NAÏVE DE L'ARBAT
J'AI !
... DISQUE DES CHŒURS DE L'ARMÉE ROUGE...
J'AI !
LES MÉMOIRES INÉDITES DE RASPOUTINE ÉCRITES PEU APRÈS SON ASSASSINAT PAR YOUSSOUPOF
J'AI !
... LE BRIQUET "GAGARINE" QUI JOUE L'INTERNATIONALE
...
J'AI !
C'EST LA LUUUTTE FINAAALE
PLAQUE ÉMAILLÉE DU K.G.B PIQUÉE À LA LOUBIANKA...
J'AI !
... ENJOLIVEUR D'UNE VOITURE TCHAÏKA D'APPARATCHIK
J'AI !
HIN HIN
UN ORTEIL MOMIFIÉ DE LÉNINE DÉROBÉ AU MAUSOLÉE...
J'EN AI TROIS
ÇA, VOUS N'AVEZ PAS ! LE CEINTURON COMMÉMORATIF DES 70 ANS DE LA RÉVOLUTION COMMUNISTE... CHAQUE TROU CORRESPOND À UN PRÉSIDENT DU SOVIET SUPRÊME... ET À UNE NOUVELLE PÉNURIE...
J'ACHÈTE ! FAIS VOIR !
LÉNINE, STALINE KROUCHTCHEV, BREJNEV ANDROPOV, TCHERNENKO... EEEH ! MAIS IL MANQUE GORBATCHEV !
TOUT À FAIT NORMAL ! LUI, IL NE PORTE QUE DES BRETELLES !
106

AMPOULES GRILLÉES! TROIS ROUBLES SEULEMENT!
?
YOU CRAZY KID ?
ÇA NE MARCHERA JAMAIS TON BUSINESS ...
ON PARIE, CAMARADE TOURISTE ? ...
10 DOLLARS QUE J'ÉCOULE TOUT LE STOCK ! ...
BUT... TROIS ROUBLES, C'EST SEPT FOIS LE PRIX D'UNE AMPOULE NEUVE...
EXACT!... MAIS EN RUSSIE, LE VIEUX COÛTE TOUJOURS PLUS CHER QUE LE NEUF, PUISQUE LE NEUF N'EXISTE PAS!
... IL Y A LONGTEMPS QUE TOUTES LES AMPOULES SONT RÉSERVÉES À L'ADMINISTRATION ET À L'ARMÉE...
MAIS... QUEL EST L'INTÉRÊT D'UNE AMPOULE GRILLÉE, PUISQU'ELLE NE MARCHE PAS?
RAISONNE-MENT TYPIQUEMENT OCCIDENTAL!
OH! T'AS VU DIMITRI DES AMPOULES GRILLÉES!
C'EST COMBIEN?
DONNE M'EN DEUX ... NON! CINQ.
MOI DIX!
NON! MOI!
DU CALME!
OUF! FINI! VIDE! TU ME DOIS DIX DOLLARS...
OKAY! OKAY! MAIS EXPLIQUE MOI CE PRODIGE!
QUEL PRODIGE? LES VIEILLES AMPOULES SE VISSENT, NI VU NI CONNU, DANS LES BUREAUX, LES GARES, LES TOILETTES DES LIEUX PUBLICS, À LA PLACE DE CELLES QUI ÉCLAIRENT...
LUMI-NEUX...
BON! JE TE LAISSE, JE DOIS RETOURNER RÉCUPÉRER D'AUTRES AMPOULES GRILLÉES...
QUEL PAYS!
BEN QUOI ? VOUS, VOUS REMPLACEZ BIEN VOS PRÉSIDENTS PAR DE VIEUX COW-BOYS !
102
MERCIER · YANN

ET ALORS? CES TOURISTES CALIFORNIENS ?...
QUEL BROUILLARD! ON N'Y VOIT PAS À DIX MÈTRES!
AH!! ENFIN... CE DOIT ÊTRE LEUR ...HEU... VÉHICULE...
?
EUH, JE... WELCOME ... JE SUIS NATACHA VOTRE GUIDE...
CE DOIT ÊTRE CE QU'ILS APPELLENT LE NEW-AGE! ENFIN, AU BOULOT!
VOUS POUVEZ ADMIRER, À MA GAUCHE, LES CRÉNEAUX EN QUEUE D'ARONDE QUI... BLA BLA BLA...
... ET POUR TERMINER LA VISITE DE LA PLACE ROUGE, LE MAUSOLÉE DE LÉNINE...
PFFF... PAS BAVARDS ...
EEH! MAIS OÙ ALLEZ-VOUS ?!
MAIS! MAIS!! ... ET MON POURBOIRE? ...
CLAC CLAC
CLAC CLAC
BERCOVICI · YANN

OUVREZ L'OEIL CAMARADES ! IL PARAÎT QUE DES HOOLIGANS CHERCHENT À RIDICULISER LE CAMARADE GORBATCHEV !
COMPTEZ SUR NOUS, CHEF !
...ET PAS DE BAVURE, HEIN ! JE VEUX DU FLAGRANT DÉLIT !
65 75 105
LUI !...
AH AH AH AH AH
PAS DE BAVURE...
FEU À VOLONTÉ SUR CE DOURAK, LES GARS !
FLAP FLAP
PLOF
VOTRE COMPTE EST BON, AHAHAH !
?
92
BERCOVICI - YANN - 91 -

ALORS NIKITA, TON NOUVEAU JOB TE PLAIT ?
BOF !
PFF... VIGILE À L'USINE DE MONTRES... LE TEMPS EST LONG...
ALLONS, NIKITA, L'UNIFORME TE VA SI BIEN...
DRRIIIING
AH ! FAUT QUE JE CONTRÔLE LES OUVRIERS QUI SORTENT, À CAUSE DE LA FAUCHE ...
C'EST ÇA ! BYE !
C'EST BON ! PASSEZ !
AH AH AH !! QUEL DOURAK !
ON FONCE LES VENDRE À L'HÔTEL COSMOS, Y'A UN ARRIVAGE DE BELGES !
ALORS, MON BON NIKITA ?...
CONTRÔLE NÉGATIF, CAMARADE DIRECTEUR, RIEN À SIGNALER...
PARFAIT !
TOUT SEMBLE ÊTRE RENTRÉ DANS L'ORDRE DEPUIS QU'ON A ENGAGÉ CE VIGILE !...
CONTINUE À OUVRIR L'OEIL, CAMARADE ! ...
N'AYEZ CRAINTE !... RIEN NE SE PASSERA DANS MON DOS ! ...

SI! SI! SI! IL FAUT QUE TU VISITES L'INTÉRIEUR D'UNE FAMILLE MOSCOVITE TYPIQUE...
MAIS JE...
EUH...
INTOURIST
LÉONID, JE TE PRÉSENTE LUCIEN-DIMITRI, DONT LA FAMILLE A FUI LA RÉVOLUTION BOLCHÉVIQUE EN 1917...
HELLO...
SLUURRP
SNIF?
C'EST DONC ÇA, UN RUSSE BLANC...
BOF...
VIENS DANS MA CHAMBRE, J'AI DES ICÔNES ÉROTIQUES PÉRIODE POST-BREJNÉVIENNE...
?
LÉONID! SI NIKITA PASSE, JE SUIS PARTIE AU GOUM, VU?
SLRP
ALORS COMME ÇA TU HABITES BRUXELLES? ...
METS-TOI À L'AISE...
VODKA?
EUH DA...
PENDANT SEPTANTE ANS, MA FAMILLE A DÛ VIVRE LOIN DE LA RUSSIE... J'AI TROIS ONCLES, DEUX TANTES, ET DIX COUSINS QUI SONT MORTS À CAUSE DU K.G.B... MÊME MAINTENANT J'AI ENCORE DES FRISSONS QUAND J'Y REPENSE...
PAUVRE CHÉRI C'EST VRAI QUE TU AS LA CHAIR DE POULE...
ENFIN, À PRÉSENT, LE COMMUNISME EST MORT! MORT ET ENTERRÉ... DÉTENDS-TOI... RELAX...
...INAUGURATION DU NOUVEAU BRISE-LAMES LÉNINE, LE PLUS BEAU, LE PLUS GRAND DU MONDE...
LÉONID! ...MOINS FORT, LA TÉLÉ...
?
AAAARGH! LÉNINE EST DE RETOUR! JE LE SAVAIS! SUREMENT ENCORE UN PUTSCH !!!...
SAUVE QUI PEUT!
LUCIEN-DIMITRI !!
ZOUF
SLAM
...ORGUEIL DE LA RUSSIE TOUTE ENTIÈRE, C'EST BORIS ELTSINE LUI-MÊME, POUSSANT LA CHAISE ROULANTE DE GORBATCHEV, QUI L'A INAUGURÉ...
PFFFF TROUILLARD!
ALORS, TU ES TOUJOURS AU GOUM?...
SLUURRP
RAPPELONS-LE, CETTE DIGUE EST EXCLUSIVEMENT CONSTITUÉE DE MILLE NEUF CENT-DIX-SEPT STATUES À L'EFFIGIE DE LÉNINE, ET PROVENANT DE TOUTES LES EX-RÉPUBLIQUES DE L'EX-U.R.S.S. ...
121

MERKY
COMMENT, TU N'ES PAS AU COURANT ?!... LE K.G.B RESTITUE LES ARCHIVES DE LA PÉRIODE STALINIENNE À CEUX QUI EN ONT ÉTÉ VICTIMES !
?
QUOI ?!
LÉONID ! VA CHERCHER IVAN ! ON NE SERA PAS TROP DE TROIS POUR PORTER LES DOSSIERS !
RENDEZ-VOUS À LA LOUBIANKA ! ...
DA, PÉPÉ !
RAÏSSA, JE VAIS ENFIN SAVOIR TOUT CE QUE CES SALOPARDS ONT PU COLLECTER SUR MOI ...
VINGT-CINQ ANS DE GOULAG !... LES ACCUSATIONS DEVAIENT ÊTRE TERRIBLES ... IL A DÛ Y AVOIR DES DÉNONCIATIONS ABJECTES !...
SECRET
KGB
MIAM !
VOYONS... HELLZAPOPOV LAZARE ... JE VAIS VOUS CHERCHER ÇA...
ENFIN !
MARTYR
VOILÀ ! C'EST TOUT CE QU'IL Y A VOUS CONCERNANT !
SUIVANT !
UN... UN FEUILLET ?!
" LAZARE HELLZAPOPOV : CASSE-PIEDS " ...
BOUH HOU HOU HOU
PAUVRE PÉPÉ ...
122
MARCOVICI · YANN

VOUS, ÊTRE LE CAMARADE JACK LANG ?
OUI ! EUH, DA !
DANS MES BRAS, TOVARITCH !
SMOUUUITCH
CLIC !
NOON ! PAS AVEC LA LANGUE !!!
VITE ! VITE ! OU VOUS RATER L'INAUGURATION DU "MIR" ...
IL Y A DU MONDE AU MOINS ? C'EST UN SUCCÈS ?
CHAUFFEUR ! AVENUE DES FLEURS ! DAVAÏ !
SUCCÈS ?! C'ÊTRE UN TRIOMPHE, CAMARADE FRANZOUSKI !
GIGA !
...RÉTROSPECTIVE CINÉMA FRANÇAIS AVOIR ATTIRÉ MILLIERS DE SPECTATEURS OSSÈTES, OUZBÈQUES, KAZAKHS, GAGAOUZES ET MÊME MONGOLS !
CHIC ! C'EST GODARD ET RESNAIS QUI VONT ÊTRE CONTENTS ...
DA, CAMARADE ! CINÉASTES FRANÇAIS AVOIR SU TOUCHER FIBRE SENSIBLE DE SPECTATEUR MOSCOVITE !
LA GRANDE BOUFFE
L'AILE OU LA CUISSE
LE FESTIN DE BABETTE
LA CUISINE AU BEURRE
POULET AU VINAIGRE
VANILLE FRAISE
КИНОТЕАТР МИР
YANN

UNE, DEUX ...
PLUS VITE! BANDE DE PETITS BUREAUCRATNIKS!
PFF
PFF
PFFF
PFFF
HUM
BON!... POUR TERMINER, UN PEU D'ÉQUILIBRE... TOI D'ABORD, LÉONID...
!
TRÈS BIEN!
AU SUIVANT! ZADKINE!
UN PEU DE NERF! BON! À TOI FIODOR! ...
HUM!... PAS TRÈS ORTHODOXE VADIM... ALLEZ! AU SUIVANT! ...
... AU DERNIER ...
HUM! ...
OUPS
RECOMMENCE!...
BLAF
NON! RECOMMENCE! ENCORE UN PETIT EFFORT!
CRASH
TRÈS MAUVAIS! RECOMMENCE!
OUIIIIN!
BON! L'ÉLÈVE OULIANOV EST DISPENSÉ DE GYM...
C'EST PAS UNE BONNE ANNÉE QUAND ON EST ARRIÈRE-PETIT-FILS DE LÉNINE ...
124

SALUT NINOTSCHKA! PARAÎT QUE T'AS UN PROBLÈME ?...
DA...
JE TE PARIE CINQ CENTS ROUBLES OU 1/2 DOLLAR QUE C'EST À CAUSE DE TON ONCLE...
DA!
IL A ENCORE ACHETÉ UN LOT DE COCHONNERIES INVENDABLES...
DA!..
BAH! C'EST PAS LA PREMIÈRE FOIS!.. T'AS TOUJOURS TROUVÉ LE MOYEN DE LES FOURGUER AUX TOURISTES!
OUAIS, MAIS ÇA...
C'EST pss
QUOI ?
VIENS VOIR SI TU NE ME CROIS PAS...
TROIS CENTS SCUDS ?! MAIS IL EST FOU !!?
AVEC CETTE COURSE AU DÉSARME-MENT, L'ARMÉE NE SAIT PLUS QUOI EN FAIRE... IL A TOUT RACHETÉ...
CHERCHONS! CHERCHONS! IL Y A SÛREMENT UNE COMBINE À TROUVER!...
TILT* !...
?
Z'ALLEZ À TEL AVIV? MONTEZ! AVEC MON BOLIDE, ON Y SERA DANS TROIS MINUTES!
TEL AVIV
SCUD
VRRRRRR VROP
SUPER, CES PETITS CABRIOLETS RUSSES!... QUEL LOOK D'ENFER!
*TILT!

ÇA Y EST !
MON ANNONCE EST PARUE DANS LA PRAVDA !...
"ÉCHANGE UN OURS UN ESTURGEON, UN COQ ET UN PÉPÉ CONTRE BILLET ALLER SIMPLE POUR PARIS" ?...
TRÈS DRÔLE ! JE SUIS SÉRIEUX ! J'AI PROPOSÉ QU'ON HÉBERGE UNE FAMILLE TYPIQUEMENT AMÉRICAINE... ÇA NOUS FERA DES DOLLARS, ET PUIS ÇA AIDERA LÉONID POUR SON ANGLAIS...
HUM...
DES COW-BOYS CHEZ MOI ?... POURQUOI PAS... MAIS PAS QUESTION QU'ILS FASSENT ENTRER LEUR CHEVAL DANS MON SALON...
GRMBL !
?
REGARDE, P'PA ! UNE RÉPONSE DES ZÉTAZUNIS !!
?
DÉJÀ ?
... ET ILS ARRIVERONT LE VINGT...
LE VINGT ?!!
MAIS C'EST AUJOURD'HUI !...
RIDICULES !... NOUS SOMMES RIDICULES !... TES YANKEES VONT ÉCLATER DE RIRE EN NOUS VOYANT...
MAIS NON...
LES VOILÀ ! JE PARIE QUE C'EST EUX !!!
LA FAMILLE SIMPSON, JE PRÉSUME ?
T'AVAIS TORT DE T'INQUIÉTER, HOMER, ILS ONT L'AIR SYMPA, CES RUSSES...
CARAMBA !
127

SALUT M'MAN...
HIC
GRMMMMBL...
IVAN M'INQUIÈTE ! DEPUIS SON RETOUR D'AFGHANISTAN, IL SE LAISSE COMPLÈTEMENT ALLER ! IL FAUT RÉAGIR !
DA, OXANA ! ...MAIS TU AS VU LE PRIX D'UN BILLET D'AVION POUR LE RENVOYER LÀ-BAS...
JE TE PARLE SÉRIEUSEMENT, SERGUEÏ ! VIENS VOIR UN PEU SA CHAMBRE...
AÏE AÏE AÏE
JE DEVRAIS PLUTÔT DIRE SON AUGE !
ET ENCORE ! UN COCHON NE VOUDRAIT PAS Y VIVRE !
... MAIS IL Y A PIRE...
KILL
GUNS & ROSES
WEAPONS
PIRE ? LÀ, TU M'INQUIÈTES OXANA !
NON SEULEMENT IL EST PARESSEUX, SALE, ET NE PENSE QU'À BOIRE ET MANGER, MAIS AS-TU SEULEMENT VU NOTRE FILS AVEC UNE JEUNE FILLE ?! ...
QUE VEUX-TU INSINUER ?!
NOOON ! TU CROIS QUE...
M'MAN ! P'PA !
VENEZ VOIR ; IVAN EST AMOUREUX ! IL A AMENÉ SA COPINE !
OUF !
PAPA, MAMAN, JE VOUS PRÉSENTE OLIDA...
GRUNT
GNNNNNNNN
HIRK !
Bercovici - Yann 128

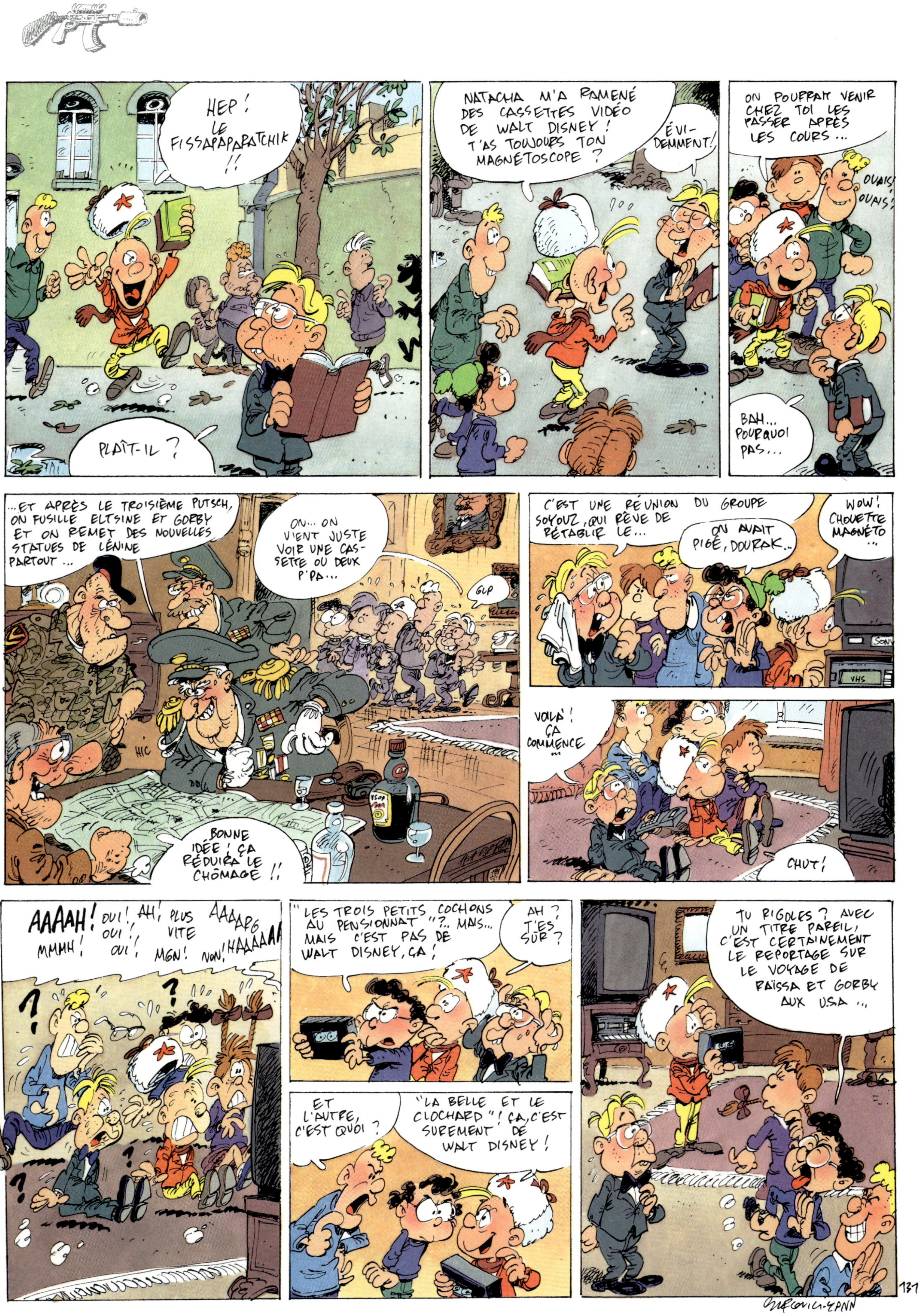

HEP ! LE FISSAPAPAPATCHIK !!
PLAÎT-IL ?
NATACHA M'A RAMENÉ DES CASSETTES VIDÉO DE WALT DISNEY ! T'AS TOUJOURS TON MAGNÉTOSCOPE ?
ÉVIDEMMENT !
ON POURRAIT VENIR CHEZ TOI LES PASSER APRÈS LES COURS...
OUAIS ! OUAIS !
BAH... POURQUOI PAS...
...ET APRÈS LE TROISIÈME PUTSCH, ON FUSILLE ELTSINE ET GORBY ET ON REMET DES NOUVELLES STATUES DE LÉNINE PARTOUT...
ON... ON VIENT JUSTE VOIR UNE CASSETTE OU DEUX P'PA...
GLP
HIC
BONNE IDÉE ! ÇA RÉDUIRA LE CHÔMAGE !!
C'EST UNE RÉUNION DU GROUPE SOYOUZ, QUI RÊVE DE RÉTABLIR LE...
ON AVAIT PIGÉ, DOURAK...
WOW ! CHOUETTE MAGNÉTO...
VHS
VOILÀ ! ÇA COMMENCE...
CHUT !
AAAAH ! OUI ! OUI ! OUI ! AH ! PLUS VITE MGN ! NON ! AAAARG HAAAAAA
MMMH !
"LES TROIS PETITS COCHONS AU PENSIONNAT" ?.. MAIS... MAIS C'EST PAS DE WALT DISNEY, ÇA !
AH ? T'ES SÛR ?
ET L'AUTRE, C'EST QUOI ?
"LA BELLE ET LE CLOCHARD" ! ÇA, C'EST SÛREMENT DE WALT DISNEY !
TU RIGOLES ? AVEC UN TITRE PAREIL, C'EST CERTAINEMENT LE REPORTAGE SUR LE VOYAGE DE RAÏSSA ET GORBY AUX U.S.A...
131

PFFFFFF ...
QU'Y A-T-IL ENCORE LÉONID ?
DÉJÀ SEPT ANS DE PERESTROÏKA, ET RIEN NE BOUGE... PAS MÊME UN PETIT FRISSON SUR L'ÉCHELLE DE RICHTOF...
BAH ! FAUT ÊTRE PATIENT ...
PATIENT ? MAIS LA VIE BOUILLONNE EN MOI COMME UN TORRENT FURIEUX, ET, SI ÇA CONTINUE, À QUARANTE-CINQ BALAIS DU BOLCHOÏ, Y'AURA ENCORE DES QUEUES DEVANT LES MAGASINS, ET JE SERAI TOUJOURS PAS MILLIARDAIRE EN RUSSO-DOLLARS !...
T'EXAGÈRES ...
J'EXAGÈRE ? MOI ?
MAIS OUI ! ON PARLE DÉJÀ DE REMPLIR LES MAGASINS, ALORS QU'AVANT ON N'OSAIT MÊME PAS EN RÊVER LA NUIT, DE PEUR D'ÊTRE SUR RONFLEMENT D'ÉCOUTE AU K.G.B. ...
TRÈS DROLE ...
D'AILLEURS, LES CHOSES ÉVOLUENT PLUS VITE QUE TU NE CROIS... VIENS VOIR AU MAGASIN D'ÉTAT ...
ТРИКОТАЖ
À PREMIÈRE VUE, C'EST TOUJOURS PAREIL ...
ATTENDS !
Y'A TOUJOURS LES POSTERS DE LÉNINE ET DE SA BANDE, LES MAQUETTES DU CROISEUR "AURORE" - SANS COLLE, ÇA FAIT TROIS ANS QU'Y EN A PLUS - LES BUSTES DE MAÏAKOVSKI ET LES DISQUES DES CHŒURS DE L'ARMÉE ROUGE SOUS UNE PLUIE D'OBUS EN AFGHANISTAN...
МАЯКОВСКИ
AH ! C'EST ICI !... LES CALENDRIERS ! ...
BEN... C'EST LE BON VIEUX CALENDRIER CLASSIQUE, COMME TOUS LES ANS...
JETTE UN ŒIL À L'INTÉRIEUR ...
ÇA ALORS ! T'AVAIS RAISON, NINOTSCHKA ! LA RÉVOLUTION EST BIEN TERMINÉE CETTE FOIS !...
... ILS ONT SUPPRIMÉ LE MOIS D'OCTOBRE !
TU VOIS ?
Bercovici - Yann
132

TIENS ! MAIS C'EST LOUBA !
TIENS ! NATACHA !
INTOURIST
ALORS, CE VOYAGE DE NOCES AVEC TON FRANÇAIS ? VEINARDE ?!
AH ! NE M'EN PARLE PAS !
INTOURIST
MAMAN AVAIT RAISON ! LES HOMMES SONT TOUS DES SALAUDS ET DES MENTEURS !
?
METTEZ MOI UNE ANDOUILLE GAGAOUZE ET DEUX SAUCISSES OUZBÈQUES !
TU VEUX DIRE QU'IL N'ÉTAIT PAS FRANÇAIS ?...
OH SI !
...ET TROIS RONDELLES DE MORTADELLE BOSNIAQUE...
?
?
ET SIX CHIPOLATAS KAZAKHES...
IL NE T'A PAS EMMENÉE À PARIS ?
MAIS SI ! ...
MAIS IL M'A MENTI...
IL NE M'AVAIT JAMAIS AVOUÉ QU'IL ÉTAIT COMMUNISTE !!!
OH !
ET UN BOUDIN CROATE ...
INTOURIST
COMMUNISTE ?!... QUELLE HORREUR ! MAIS APRÈS TOUT, QUELLE IMPORTANCE ?!...
C'EST PAS BIENTÔT FINI ? Y'A QUE DU VIEUX SAUCISSON STALINIEN ...
JE SAIS, MAIS C'EST POUR PAS OUBLIER...
PARIS ? C'EST TOUT DE MÊME PARIS, NON ?...
DA... MAIS IL Y A EU CE FAMEUX PUTSCH ...
CLINK
ET ALORS ? ...
ET ALORS ?... ON A PASSÉ TOUT NOTRE SÉJOUR BARRICADÉS DANS L'ABRI ANTI-ATOMIQUE DU PARTI COMMUNISTE FRANÇAIS !...
119

MONTRES RUSSES, CAVIAR, MATRIOCHKAS GONFLABLES, EXEMPLAIRES DE LA PRAVDA DU JOUR DU PUTSCH!
ЛЕНИН
?
SALUT LÉONID! ALORS, LES AFFAIRES MARCHENT?...
BOF! C'EST MOROSE NINOTSCHKA... MES MONTRES ME RESTENT SUR LES BRAS...
VIENS PLUTÔT AVEC MOI AU CINÉ! ON Y JOUE "LE GOULAG DES POÈTES DISPARUS" ET "DANSE AVEC LES POUX" EN EXCLUSIVITÉ SOVIÉTIQUE!
BAH! POURQUOI PAS?
OH! REGARDE!
C'EST LE GÉNÉRAL LOUKIANOV!
?
PARAÎT QU'IL ÉTAIT COMPROMIS DANS LE COUP D'ÉTAT RATÉ... DEPUIS, IL A ÉTÉ VIRÉ DE L'ARMÉE ROUGE!
BIEN FAIT!
TOUT DE MÊME... EN ÊTRE RÉDUIT À VENDRE SES MÉDAILLES AUX TOURISTES...
BAH! C'EST LA VIE...
PAPA! DIS, TU M'ACHÈTES LES PIN'S DU MONSIEUR POUR MA COLLECTION?!
HUM
SOIXANTE-DIX ANS DE PURGES, D'EXÉCUTIONS SOMMAIRES, DE TRAHISONS, DE DÉNONCIATIONS ARBITRAIRES, D'INTERNEMENTS PSYCHIATRIQUES, DE VEXATIONS, DE LANGUE DE BOIS... TOUT ÇA POUR DES PIN'S!...
117

...LA BOÎTE D'ALLUMETTES DISSIMULANT UN APPAREIL PHOTO : 50 $ ... LE PAQUET DE CIGARETTES-RÉCEPTEUR DE RADIO (CAPTE MÊME R.M.C) : 100 $ ...
VOUS N'AURIEZ PAS UNE MACHINE À ÉCRIRE TRUQUÉE QUI TUE LES RÉDACTEURS EN CHEF ?
BON ! JE PRENDS LA MATRIOCHKA MOLOTOV ET LE BRIQUET AU GAZ MOUTARDE, ÇA FERA UN MALHEUR AUX COCKTAILS DU MINISTÈRE DE LA CULTURE ...
CAVIAR AU SÉRUM DE VÉRITÉ ! MONTRES SPÉCIALES DU K.G.B, DISSIMULÉES EN MONTRES NORMALES ! 10 $!
LES AFFAIRES MARCHENT, LÉONID ? ...
BOF !.. AVEC LA CONCURRENCE DES EX-AGENTS DU K.G.B DISSOUS, C'EST DUR !
Y'A PAS DE SECRET...
100 DOLLARS ! VOUS TIREZ LA BARBICHETTE DE LÉNINE, ET LE BUSTE EXPLOSE !...IDÉAL POUR LES SOIRÉES D'HIVER ENNUYEUSES...
POUR MOI !
MAIS ? MAIS C'EST ?!..
IVAN SPASSKY DU K.G.B. ?!
TOMMY FISHER DE LA CIA !?
OPERATION DESERT STORM
ALORS, VIEUX VOYOU, TU TE SOUVIENS ? L'AFFAIRE DU DISSIDENT MOLDAVE EMPOISONNÉ AVEC LE YAOURT AU BIFIDUS ACTIF ? ...ET LA LADA PIÉGÉE AVEC LE SCORPION AU CURARE ?
AH ! C'ÉTAIT LE BON TEMPS...
HÉLAS ! C'EST FINI TOUT ÇA ! LIQUIDÉ ! Y'A PLUS DE K.G.B. ... SOUPIR ! ...
N'EMPÊCHE ! C'EST NOUS QUI AVONS GAGNÉ !
QUOI ? TU VEUX RIRE..
ON A PERDU TOUS LES DEUX ! SANS LA MENACE DU K.G.B, LES U.S.A. NE VONT PAS ENTRETENIR BIEN LONGTEMPS LES MILLIERS D'AGENTS DE LA C.I.A !
HÉ HÉ HÉ
VLAN
BLOODY HELL ! J'Y AVAIS MÊME PAS PENSÉ !...
Ourcovici Yann 130

B'ALORS ! VOUS EN TIREZ DES TÊTES D'ENTERREMENT ...
SOUPIR
PLONK
ON ATTEND...
VOUS ATTENDEZ QUOI ?
BEN... L'AIDE OCCIDENTALE !... QUE LES SEPT PAYS LES PLUS RICHES DU MONDE VIENNENT NOUS AIDER, VU QU'ON N'EST PLUS COMMUNISTES, NI DANGEREUX POUR LEURS SOUS !...
HOLA LAAAA...
BANDE DE NIGAUDS ! ... AU CONTRAIRE, MAINTENANT QU'ILS NE RISQUENT PLUS RIEN, LES CAPITALISTES VONT CONSACRER LE POGNON DE LEUR ARMEMENT A' LEUR CONFORT ET A' LEUR BIEN-ÊTRE !...
PROPAGANDE ANTI-OCCIDENTALE D'UN AUTRE ÂGE ! J'AI CONFIANCE...
OUAIS !
MOI AUSSI !
ESPÈCES DE DOURAKS ! VOUS POUVEZ ATTENDRE 107 ANS LA BOUCHE OUVERTE QUE LES EUROPÉENS VOUS ENVOIENT QUELQUE CHOSE QUE...
OH REGARDEZ !
?
UN BALLON MICKEY MOUSE !
MAIS OUI !
DA !
IL DESCEND ! PAR LA-BAS !
JE PARIE QU'IL VIENT DE L'INAUGURATION DU DISNEYLAND PRÈS DE PARIS, EN FRANCE...
DA ! J'AI VU ÇA A' LA TÉLÉ !
ATTENDEZ-MOI !
MAIS QUELS CRÉTINS !
IL EST A' MOI ! JE L'AI !
PANG
HAHAHAHA !!! BEL EXEMPLE DE CE QUE VONT NOUS ENVOYER LES PAYS RICHES, EN EFFET !!
SGNIF !
129

AAAAH!!
QUEL ÉPOUVANTABLE CAUCHEMAR !.... QUI COMMENÇAIT SI BIEN POURTANT ...
BOM BOM BOM
?